Martin Wad

Le cochon da

Illustrations de Jill Barton

lutin poche de l'école des loisirs
11, rue de Sèvres, Paris 6e

Pour Charlotte Maeve. M. W.
Pour Porky Boffin. J. B.

Texte traduit de l'anglais par Élisabeth Duval

Titre de l'ouvrage original : « The Pig in the Pond », Walker Books Ltd.
Loi numéro 49 956 du 16 juillet 1949 sur les publications
destinées à la jeunesse : mai 1993
Dépôt légal : juin 1996
Imprimé en France par Mame à Tours

Voici l’histoire du cochon du Vieux Bill.

Un jour, Vieux Bill se rend à la ville.
Il fait chaud. Il fait sec.
Le soleil brille dans le ciel.
Le cochon du Vieux Bill va s'asseoir
près de la mare aux canards.

« Coin ! » font les canards.
« Qwack ! » font les oies.
Ils se rafraîchissent dans l’eau
de la mare du Vieux Bill.

Le cochon est assis au soleil.
Il regarde la mare.
« Coin ! » font les canards.
« Qwack ! » font les oies.
« Oink ! » fait le cochon.
Il ne les rejoint pas,
car les cochons ne nagent pas.

Le cochon assis au soleil a de plus en plus chaud.

« Coin, coin ! » font les canards. « Qwack, qwack ! » font les oies.

« Oink, oink ! » fait le cochon. Il reste là, car les cochons ne nagent pas.

Le cochon rôtit et rissole, et regarde l'eau.
« Coin, coin, coin ! » font les canards.
« Qwack, qwack, qwack ! » font les oies.
« Oink, oink, oink ! » fait le cochon.

Il se lève

volte

et virevolte

sautille

et frise sa queue

et…

…il plonge dans l'eau ! SPLASH !

SPLASH! SPLASH!

SPLASH! SPLASH!

SPLASH!

SPLASH!

SPLASH!

SPLASH!

Les remous rejettent les oies et les canards sur le bord de la mare.

« Coin, coin, coin, coin ! » font les canards.
« Qwack, qwack, qwack, qwack ! » font les oies,
ce qui signifie en clair :
« Le cochon est dans la mare ! »

« Le cochon est dans la mare ! »

« Le cochon est dans la mare ! »

La nouvelle circule, se répand, se propage :

« Le cochon est dans la mare ! »

« Le cochon est dans la mare ! »

« À la ferme du Vieux Bill, le cochon est dans la mare ! »

De tous les champs alentour, ils accourent voir
le cochon dans la mare du Vieux Bill.
C’est alors que…

…Vieux Bill rentre avec sa carriole !

Vieux Bill regarde le cochon.
« Oink ! » fait le cochon.
Vieux Bill enlève son chapeau.

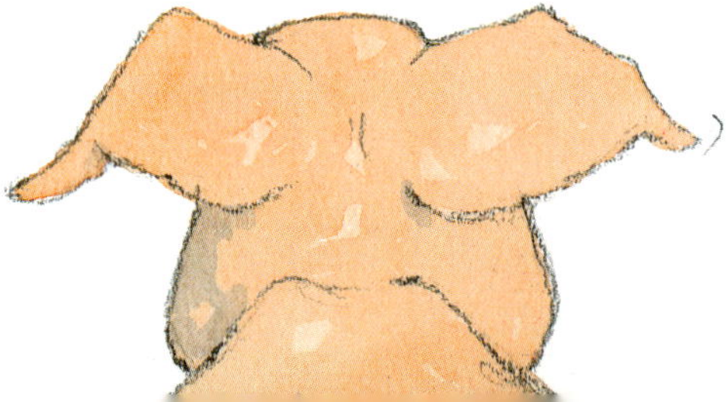

Vieux Bill regarde le cochon.
« Oink, oink ! » fait le cochon.
Vieux Bill enlève ses bottes
et son pantalon.

Vieux Bill regarde le cochon.
« Oink, oink, oink ! » fait le cochon.
Vieux Bill enlève sa chemise.

Vieux Bill regarde le cochon.
« Oink, oink, oink, OINK ! »
fait le cochon.
Vieux Bill enlève son caleçon et…

SPLASH ! Vieux Bill rejoint le cochon dans la mare.

Que se passe-t-il ensuite ?

S P L C

OOUUUSH !

Ils rejoignent tous le cochon dans la mare !

C’etait l’histoire du cochon du Vieux Bill.